BILDER AUS DEM LEBEN DER TIERE 7

GRISCHA der Bär

Text: Marcelle Vérité
Zeichnungen: Romain Simon

Saatkorn-Verlag Hamburg 13

Es ist Juni.
Das Wetter ist herrlich,
die Vögel singen, die Grillen
zirpen. Alle Welt ist fröhlich.
Nur die Bärendame Olga hat
schlechte Laune.

Aus gutem Grund. Ihre beiden Kinder machen ihr das Leben schwer. Kaum dreht sie ihnen einmal den Rücken, schon treiben sie wieder Unfug.

Olga wird es allmählich zuviel. Müde setzt sie sich auf ihr Hinterteil, hebt die Schnauze witternd in die Luft und dreht dabei die Ohren hin und her. Plötzlich leuchten ihre Augen auf. Was für ein herrlicher Duft! Lindenhonig! Ein Leckerbissen für jeden Bären!

Schlagartig ist Olga wieder putzmunter. Sie ruft nach ihren Kindern. Natürlich haben beide den köstlichen Duft nicht bemerkt. Sie haben nämlich nur Unsinn im Kopf und schlagen Purzelbäume im Gras. Aljoscha kommt sofort. Sein Bruder Grischa dagegen trödelt herum. Er dreht sich immer wieder um, stolpert dabei schließlich über einen Baumstumpf und fällt auf die Nase.

Der Lärm, den er dabei veranstaltet, scheucht einen Eichelhäher auf. Aufgeregt kreischt er zu Grischa hinunter. Es klingt, als lache er ihn aus.

Grischa hat noch nie einen Eichelhäher gesehen. Ob man wohl mit dem bunten Vogel spielen kann? Rasch macht er sich daran, auf den Baum zu klettern.

Er klettert immer höher.
Die dünnen Zweige biegen sich
unter seinem Gewicht nach unten.
Wie das schaukelt!

Dem Eichelhäher gefällt die Geschichte nicht. Er sieht lieber zu, daß er wegkommt. Wer weiß, was dieser neugierige kleine Bär von ihm will. Enttäuscht sieht Grischa ihm nach. Schade, daß er nicht auch fliegen kann.

Olga ist ärgerlich. Immer muß Grischa aus der Reihe tanzen. Sie wirft sich gegen die Buche und beginnt, den Baum wild zu schütteln. Unsanft purzelt Grischa zu Boden und bekommt obendrein noch eine kräftige Ohrfeige von seiner Mutter.
Jetzt aber weiter. Da vorn blüht eine wunderschöne alte Linde. Und zwischen den Blüten brummen und summen Tausende von Bienen.

Ganz vorsichtig und leise laufen die Bären weiter. Kein einziger trockener Zweig knackt unter ihren Tatzen.
In Deutschland gibt es keine freilebenden Bären mehr. Olga und ihre Kinder leben in einem Nationalpark. Dort dürfen die Bären nicht gejagt werden, aber Olga bleibt trotzdem wachsam. Sollte jemand es wagen, ihre Kinder anzugreifen, würde ihm das schlecht bekommen.

Wenn Aljoscha und Grischa älter sind, dürfen sie sich ein wenig weiter von ihrer Mutter entfernen. Aber auch dann müssen sie noch in Sichtweite bleiben, damit Olga bei Gefahr sofort eingreifen kann.
Und ihr Vater? Ein Bärenvater kümmert sich nicht um seine Kinder. Wahrscheinlich kennt er sie nicht einmal.
Er geht nicht nur den Menschen aus dem Weg, sondern sogar seiner Familie. Erwachsene Bären sind nämlich Einzelgänger.
Wie alle Jungtiere sind die kleinen Bären schrecklich neugierig. Alles Unbekannte müssen sie untersuchen.

Plötzlich sieht sich ein Wildhüter zwei tapsigen Pelzknäueln gegenüber, die unbedingt Freundschaft mit ihm schließen wollen. Das gefällt Olga gar nicht.

Sekunden später taucht sie vor dem erschrockenen Mann auf, stellt sich auf die Hinterbeine, reißt drohend das Maul auf und funkelt ihn zornig an.
Der Wildhüter bleibt stocksteif stehen und rührt sich nicht. Endlich beruhigt Olga sich wieder. Der Mann ist anscheinend ungefährlich. Brummend zieht sie mit ihren Jungen weiter.
Bären kennen keine festen Essens- und Schlafenszeiten. Meistens machen sie sich bei Sonnenaufgang auf den Weg und halten Mittagsschlaf, wenn sie müde sind.
Olga schnuppert. Ein Auerhahn muß in der Nähe sein. Aber jetzt hat sie keinen Appetit auf Geflügel. Ihr ist mehr nach Honig zumute. Da ist ja auch schon die Linde, aus der es so süß duftet.

Unter der Linde wölbt sich ein Ameisenhaufen.
Die beiden Kleinen können die Ameisenpuppen ausgraben und fressen, während Olga das Bienennest ausräumt. Dann sind sie wenigstens beschäftigt und stellen keinen Unfug an.

Rasch klettert Olga auf den Baum.
Ein Buntspecht fliegt hastig davon.
Die Bienen verteidigen ihr Nest.
Wütend umschwirren sie die alte
Bärin und zerstechen ihr die
Schnauze. Olga stört das aber
nicht. Der Honig schmeckt so gut,
daß ihr alles andere egal ist.

AUERHAHN

Als sie satt ist, steigt sie vom Baum herunter. Die Bärenjungen kommen eifrig heran und lecken ihr den Honig von Schnauze und Tatzen.
Jetzt aber beginnt Olgas zerstochene Schnauze heiß zu werden. Da hilft nur eins: Auf zum nächsten Tümpel!

BUNTSPECHT

Der Schnee auf den fernen Bergen leuchtet in der Junisonne. Schmetterlinge schaukeln durch die Luft. Große Hummeln umschwirren den Roten Fingerhut.

Es ist heiß, und den Bärenkindern wird der Weg lang. Endlich läßt Olga sich für ein Mittagsschläfchen nieder. Sie legt sich im Schatten eines Strauches flach auf den Bauch. Auch Aljoscha und Grischa legen sich ins Gras, aber nicht lange.

Schon bald sind sie wieder munter und schleichen sich zu einem nahegelegenen Wasserfall. Übermütig plantschen sie im Wasser herum. Ein paar Frösche bringen sich eilig in Sicherheit. Aljoscha kratzt Moos von den Felsen. Grischa schleicht sich an, springt ihm ins Genick und schubst ihn ins Wasser.
Olga blinzelt zu ihren Kindern hinüber. Alles in Ordnung. Beruhigt schließt sie wieder die Augen. Plötzlich poltern ein paar Steine den Hang herunter.
Olga schreckt auf.

Aber es ist nur ein Gamskitz, das über die Felsen springt. Eigentlich möchte es am Wasserfall trinken, aber die beiden kleinen Bären sind ihm nicht ganz geheuer.

Olga wird allmählich wieder munter. Genauso wie die Flöhe in ihrem dicken Pelz. Sie fangen an, lästig zu werden. Das trübt Olgas gute Laune beträchtlich. Mürrisch erhebt sie sich und trottet lautlos zum Wasserfall. Das Gamskitz flieht in hohen Sprüngen, als die alte Bärin plötzlich vor ihm auftaucht.
Aljoscha und Grischa haben sich müde getobt. Jetzt würden sie gern ein kleines Schläfchen halten. Aber zu spät. Ihre Mutter will zum Tümpel, und sie müssen mitkommen.

Zwischen großen Farnsträuchern hindurch geht es weiter.
Endlich erreichen sie den Tümpel.
Sein Wasser ist still und grün.
Über dem Wasser hängen zwei Meisen in den Zweigen einer Kiefer.

Olga watet in den Tümpel und wälzt sich genüßlich hin und her. Das tut gut. Die Flohbisse hören auf zu jucken. Die zerstochene Schnauze brennt nicht mehr. Auch Aljoscha und Grischa stürzen sich ins kühle Naß.

Als sie aus dem Wasser steigen, schütteln sie sich, daß es nur so spritzt. Dann reiben sie sich an der rauhen Borke einer Kiefer.
Es wird langsam Abend. Fünf Blaumeisen lassen sich auf einem Tannenzweig nieder und zwitschern leise vor sich hin.
Eine Ringelnatter schlängelt sich durchs Gras.

Mutter Bär ruft zum Aufbruch.
Sie kennt ein schattiges Plätzchen,
an dem viele Pilze wachsen, vor
allem Steinpilze. Die schmecken
besonders gut.

Das ganze Jahr über finden die Bären ihre Nahrung im Wald.
Sie fressen Eicheln, Kastanien und Nüsse, Pilze und Wurzeln,
Walderdbeeren, Brombeeren, Himbeeren und Heidelbeeren.
Wenn es stürmt, suchen sie Schutz in einer Höhle.

Als der Herbst kommt, wird der Wald bunt. Rot, gelb und braun verfärben sich die Blätter der Bäume. Dann fallen sie zu Boden, und ein kalter Wind pfeift durch die kahlen Zweige. Die drei Bären haben sich während des Sommers eine dicke Speckschicht angefressen. Wenn der erste Schnee fällt, werden sie sich eine gemütliche Höhle suchen.

Dort werden sie sich verkriechen und ihre Winterruhe antreten. Und erst im nächsten Frühjahr werden sie wieder aus ihrer Höhle herauskommen.

FÜR ALLE,
DIE MEHR WISSEN
WOLLEN

Manche Städte tragen einen Bären in ihrem Wappen, zum Beispiel Berlin in Deutschland und Bern in der Schweiz.

Bären sind Raubtiere. Sie fressen aber nicht nur Fleisch. Genausogern mögen sie Obst, Pilze und Wurzeln.
Ihre Vorliebe für Honig ist sprichwörtlich. Und wenn im Frühjahr die Lachse zum Laichen die Flüsse hinaufziehen, stehen die Braunbären fast den ganzen Tag im Wasser und fangen sich frischen Fisch. Bären sind also Allesfresser.

Sie haben einen sehr feinen Geruchssinn. In den großen Nationalparks in Nordamerika haben sich die Braunbären daran gewöhnt, die Besucher um Futter anzubetteln. Sie sind so aufdringlich, daß man keine Lebensmittel im Auto lassen darf.
Die Bären riechen die Leckerbissen und stellen alles mögliche an, um an sie heranzukommen. Sie schlagen die Scheiben ein oder versuchen sogar, das Autodach aufzureißen.

DAS FRESSEN BÄREN GERN:

HONIG

MÄUSE

HEIDELBEEREN

HASEN

PILZE

vieren steht, hat er eine Schulterhöhe von etwa 1,30 m. Grizzlybär und Alaskabär zählen zu den Braunbären.

Der größte Bär ist jedoch der Eisbär. Er lebt im hohen Norden. Die Männchen können eine Schulterhöhe von 2 m (auf allen vieren stehend!) und ein Gewicht von fast 1000 kg erreichen. Der Eisbär ist ein geschickter Kletterer und ausgezeichneter Schwimmer. Er läßt sich auf großen Eisschollen rund um den Nordpol treiben und ernährt sich vor allem von Robben und Fischen.

Um 1000 v. Chr. war es in Griechenland üblich, Bärenjunge zu fangen und von Schafen großziehen zu lassen. Das geschah zu Ehren der griechischen Göttin Aphrodite. Gaukler brachten den Bären Kunststücke bei und zogen mit ihnen durchs Land, genauso wie heute noch Bären im Zirkus auftreten.

Bären sind die größten Landraubtiere. Aber ihre neugeborenen Jungen sind kaum größer als ein Katzenbaby. Sie wiegen wenig mehr als ein halbes Pfund.

Der in Kanada und Alaska lebende Grizzlybär wird etwa 2,3 m lang und erreicht ein Gewicht von über 350 kg. Er ist sehr scheu. Der Kodiakbär, der auch Alaskabär genannt wird, wird sogar bis zu 700 kg schwer. Wenn er auf allen

BÄRENSPUREN

EISBÄR

Im Gegensatz zum Braunbären hält der Eisbär keine Winterruhe. Nur trächtige Weibchen ziehen sich zum Werfen ihrer Jungen in eine Schneehöhle zurück. Von Dezember, wenn die Jungen geboren werden, bis Anfang März, wenn sie die Höhle zum ersten Mal verlassen, nimmt die Eisbärmutter keine Nahrung zu sich. Die Männchen und die nicht trächtigen Weibchen halten sich im Winter gern in der Nähe menschlicher Siedlungen auf und durchstöbern dort die Müllhalden.

In den Wäldern Süd- und Zentralasiens, auf den japanischen Inseln und auf Formosa lebt der Kragenbär. Er hat einen schwarzen Pelz, eine Halskrause und

GRIZZLYBÄR

KRAGENBÄR

MALAIENBÄR

Wenn der Braunbär sich zur Winterruhe zurückzieht, sucht er sich eine Höhle. Das muß nicht unbedingt eine Felsenhöhle sein. Er kann sich auch unter dem Wurzelwerk eines umgestürzten Baumes verkriechen oder sich eine flache Mulde in den Boden graben. Manchmal legt er sich unter eine Tanne oder Fichte, deren schneebedeckte Zweige bis auf den Boden herabhängen und eine Art Hütte bilden.

LIPPENBÄR

einen weißen, V-förmigen Streifen auf der Brust. Er ernährt sich hauptsächlich von Früchten, Mais und Eicheln.

Der etwas kleinere Malaienbär trägt eine weiße bis orangegelbe Brustzeichnung und lebt in Südostasien, auf Sumatra und Borneo. Er ernährt sich von Pflanzen, Kleintieren und Honig. Jung wird er oft als Haustier gehalten.

Der Lippenbär lebt in den Wäldern Vorderindiens und Sri Lankas. Er hat ein langhaariges schwarzes Fell und bevorzugt Insekten, Honig und Früchte. Alle drei asiatischen Bärenarten sind nachtaktiv.

Bilder aus dem Leben der Tiere
Band 7
Titel der französischen Originalausgabe: La journée de Nounouf
Ins Deutsche übertragen: Konstanze Thümmel/Anita Sprungk

Saatkorn-Verlag GmbH, Grindelberg 13–17, 2000 Hamburg 13
© 1971 Gautier-Languereau, Paris
Verlagsarchiv-Nr. 867 990
Gesamtherstellung: Grindeldruck GmbH, Hamburg 13
ISBN 3-8150-0587-6